AF312047

La
Feuillée Dorothée
Au Val d'Ajol

PAR

Auguste CATELLE

PETIT-NEVEU DE GRESSET

PARIS

IMPRIMERIE DE CH. LAHURE

RUE DE FLEURUS, 9

1863

La Feuillée Dorothée

Au Val d'Ajol

PAR

Auguste CATELLE

PETIT-NEVEU DE GRESSET

PARIS

IMPRIMERIE DE CH. LAHURE

RUE DE FLEURUS, 9

1863

Au

Prince Impérial.

PRINCE,

Formé par votre Auguste Mère,
Vous en aurez les qualités,
Le noble cœur, le caractère
Et les sentiments élevés.
Tout nous en donne l'assurance,
Vous voyant déjà pratiquer
Cet amour de la bienfaisance
Qu'on aime à vous voir exercer
En souriant à l'espérance.
Vous êtes richement doté
Par la divine Providence,

Car vous avez, Prince, hérité
Des vertus de la reine Hortense ;
Beau sang ne peut-jamais mentir :
Gage précieux pour l'avenir !
Aussi, sous cet heureux présage,
Avons-nous vu la Charité
Invoquer votre patronage
Pour le bien de l'humanité.
Et quand le cœur ici m'engage
A parler de votre héritage,
J'ose prendre la liberté
De vous offrir la dédicace
De gentils faits que je retrace
Dans leur touchante vérité ;
Car la paternelle apostille,
Mise là si gracieusement,
Constate assez évidemment
Qu'ils sont des titres de famille.

Auguste CATELLE,
Petit-neveu de Gresset.

La Feuillée Dorothée

Au Val d'Ajol.

Il circule aux bois d'Érival
Une intéressante légende
Dont on parle dans tout le val
Avec émotion toujours grande,
Y conservant à tout jamais
L'heureux souvenir des bienfaits

D'une Dame de haut parage
Qui souvent visitait ces lieux,
Laissant toujours sur son passage
Des souvenirs délicieux ;
Car, après maint et maint voyage,
Elle avait comblé tant de vœux
Dans les bois et dans le village,
Qu'il n'était plus de malheureux.
Loin du faste de l'opulence
Et du vain éclat des grandeurs,
Elle y venait sécher des pleurs
Et puis secourir l'indigence ;
C'était un besoin pour son cœur,
Y goûtant toujours un bonheur
Que ne donne pas la puissance ;
Faisant le bien dans le silence,
N'ayant alors pour courtisans
Que les pauvres reconnaissants ;
Heureuse dans sa bienfaisance,
On l'entendait dire tout bas :

« *Ici, jamais, jamais d'ingrats* [1]. »
Quel charme a la reconnaissance !
Une admirable trinité
Escortait cette Providence :
L'Espoir, la Foi, la Charité
Étaient seuls dans sa confidence.
C'était la belle et bonne Hortense,
Doux nom dont chacun a gardé
La si charmante souvenance ;
Qu'avec plaisir on répétait
L'aventure du Petit-Pierre !
Partout on se la redisait ;
Mais, hélas ! ce fut la dernière.
Dans les bois, un jour égaré,
En pleurant appelant sa mère,
Il avait été rencontré
Par ce bon ange tutélaire,
Qui, pour lui de pitié touché,

1. Historique.

L'ayant, mais en vain, questionné,
Ne savait plus trop comment faire,
Quand, par bonheur, sur le chemin
Deux fillettes de la contrée
En descendaient de bon matin,
Allant au village voisin :
C'étaient *Victoire* et *Dorothée*
(Elles connaissaient le bambin).
Cette aimable Dame si bonne
Les interroge, les questionne :
« Connaissez-vous ce pauvre enfant?
« Leur dit-elle en le consolant;
« Ah! dites-moi, charmantes filles,
« Qui me paraissez si gentilles,
« Connaissez-vous ce pauvre enfant
« Qui sanglote et se désespère?
« Ah! répondez à ma prière!... »
« — Certes oui, je l'connaissons bien,
« Madame, c'est le Petit-Pierre,
« Un des enfants à Sébastien,

« Là-bas à c'tte vieille chaumière.

« — Si vous vouliez m'y diriger,

« Que je l'emmène et reconduise,

« J'aurais bien à vous remercier. »

Et les deux sœurs de s'empresser

De l'instruire et la renseigner.

Partie aussitôt sans tarder,

Elle arrive, et son cœur se brise

A l'aspect de trop de douleurs.

Elle en adoucit les rigueurs ;

Et bientôt, heureuse surprise !

A la misère, aux maux, aux pleurs

Ont succédé joies et douceurs.

Par ses soins, précieuse entremise,

Elle en avait fait des heureux ;

Car de ses dons si généreux

Jamais la source ne s'épuise.

Cela datait de bien longtemps ;

On n'avait plus revu la Dame ;

De désastreux événements,

D'affreux orages menaçants
L'avaient, en affligeant son âme,
Fait fuir avec ses deux enfants.
Triste et bizarre destinée !
De France elle était exilée,
Vouée aux chagrins, et aux tourments
Courageusement résignée.
La Mort, un jour, avait frappé
Ce noble cœur tant éprouvé,
Ne laissant qu'un fils après elle,
Ayant déjà ravi l'aîné
A sa tendresse maternelle.
Après avoir longtemps lutté
Contre des épreuves trop rudes,
Après bien des vicissitudes,
Le ciel s'était rasséréné :
Le Destin avait ramené
Cet exilé de la patrie,
Dont l'ardent cœur toute la vie
D'elle s'était préoccupé.

Il y revint, et son génie
Sut la sauver de l'anarchie
Et conquérir sa liberté.
On sait qu'il cultive la gloire
Aussi bien que la charité,
Que du cœur il a la mémoire
Et l'amour de l'humanité.
Pendant la paix, pendant la guerre,
Partout on l'a vu triompher;
Il a les vertus de sa mère,
Il sait partout se faire aimer.
Il avait bien connu l'histoire
De Dorothée et de Victoire,
Et, voulant connaître leur sort,
S'en était enquis tout d'abord.
Partout on avait connaissance
De ce fait de leur obligeance;
On en avait souvent parlé,
Car Sébastien était aimé.
Connaissant enfin la retraite

Des deux sœurs, vieilles aujourd'hui,
Ce cœur généreux prend sur lui
De les visiter, en cachette ;
Il en avait pris le parti.
Il s'y dirige ; on l'accompagne
Tout au sommet de la montagne,
C'est là que les sœurs ont vieilli ;
Il y monte, mais non sans peine,
Car un chemin pénible y mène ;
Il arrive enfin, Dieu merci !
Elles ne sont pas peu surprises
A l'aspect de plusieurs Messieurs,
N'ayant jamais de visiteurs ;
Et sitôt qu'elles sont remises,
Il interroge les deux sœurs,
Les questionne, les interpelle
Avec sa bonté naturelle ;
Et de cette voix qui plaît tant,
Dont le timbre est si séduisant,
Leur disant : « Bonnes demoiselles,

« Veuillez un peu nous raconter

« (Si vos souvenirs sont fidèles)

« Certains faits qu'on entend citer,

« Et donnez-nous quelques nouvelles

« Du petit bonhomme égaré

« Qui, grâce à vous, fut ramené.

« — Volontiers, s'écrièrent-elles,

« C'est un plaisir, en vérité. »

Aux demandes elles répondent,

En révérences se confondent,

Et tout au long racontent bien

Les faits, objet de l'entretien

Sur Petit-Pierre et Sébastien;

Une simplicité modeste,

Une frappante propreté

Règnent partout, et tout atteste

Chez elles la médiocrité :

« Vous devez être bien heureuses

Leur dit le noble visiteur,

« Car cet endroit est enchanteur,

« Les vues en sont délicieuses. »

« — Nous le sommes, mon bon monsieur,

« N'étant pas du tout ambitieuses;

« Nous nous contentons de si peu,

« Vivant à la grâce de Dieu. »

« — De rien vous n'êtes désireuses !

« Vous ne formez donc aucun vœu?

« A votre âge si laborieuses,

« Mais cela vraiment se voit peu,

« Et j'ai souvent entendu dire

« Que l'on n'était jamais content;

« Votre langage me surprend,

« Car presque toujours on désire. »

« — Un seul vœu nous avons formé,

« Mais c'était impossible chose;

« Un trop grand obstacle s'oppose

« A ce qu'il puisse être exaucé.

« Oui, nous souhaitions, mais cela coûte,

« Une belle et commode route

« Pour chez nous, sans peine, arriver,

« Car le chemin est détestable,

« Pour ainsi dire impraticable ;

« Vous avez pu bien en juger ;

« La chose n'étant pas faisable,

« Il nous fallut y renoncer,

« Nous avons su nous résigner. »

Il n'en fut pas dit davantage,

Pionniers, ingénieurs, terrassiers,

Le lendemain sont à l'ouvrage,

En quelques jours, ces ouvriers,

En défrichant avec courage,

Improvisent un beau passage

(Ordre en avait été donné

Et promptement exécuté).

Le chemin presque inabordable

Devint bientôt route agréable,

Très-riante à travers les bois,

Pittoresque, assez singulière,

Ouvrant sur celle de Plombière ;

Quelle surprise, cette fois,

Pour toute la commune entière !
On n'en revenait pas, vrâiment,
Et cette riante chaussée
Fut aussitôt inaugurée
Sous l'heureux nom de Dorothée,
Menant tout droit à sa feuillée.
Voulant jouir de l'étonnement
Qu'avait causé ce changement,
L'auteur soudain y revient vite
Rendre une nouvelle visite
(Certain bruit s'étant répandu,
Le bienfaiteur était connu).
On l'acclame, on le félicite ;
Des transports que sa vue excite
On ne peut modérer l'élan
(Le cœur est un chaud partisan),
Et dans ces transports que suggère
Ce nouveau bonheur imprévu,
Chacun se dit, le cœur ému :
Beau sang jamais ne dégénère,

Et le noblé fils à voulu
Continuer l'œuvre de sa mère;
Un bienfait n'est jamais perdu.
Ce bienfaiteur, quittant la ville,
Vient quelquefois dans cet asile
Goûter d'ineffables plaisirs
Dans le charme des souvenirs,
Et maintenant qu'en équipage
On peut venir à l'ermitage
Goûter de séduisants loisirs,
On voit une foule empressée
Accourir vers cette feuillée
Pour en contempler les attraits,
Et, sous les chênes et les hêtres,
Y faire des repas champêtres;
Ou bien y respirer le frais ;
Car elle est aujourd'hui rivale
De la Feuillée impériale ;
Pour la voir, on vient tout exprès.
En visitant cette feuillée,

Que l'on éprouve de plaisir !

Hâtez-vous, hâtez-vous d'y venir,

Vous garderez de Dorothée

Un agréable souvenir.

Elle est un tantinet poëte

Et touche assez bien l'épinette[1],

On aime à la voir en jouer ;

Il faut l'entendre instrumenter.

La chaumière de Dorothée,

De simple réduit qu'elle était,

Par un miraculeux bienfait,

Devint ravissante feuillée,

Site enchanteur, site enchanté,

Dont, depuis sa métamorphose,

Chaque visiteur est charmé,

Où le touriste émerveillé

Avec délices se repose

Et de bonheur est pénétré ;

1. Petit instrument peu connu et dont quelques per-
sonnes néanmoins savent encore tirer parti.

Quel tableau magique et grandiose !

On en est tout impressionné !

Et du si doux plaisir qu'il cause,

Si le souvenir est resté,

On le doit à Sa Majesté.

PARIS. — IMPRIMERIE DE CH. LAHURE

Rue de Fleurus, 9